KB093951

그대에게
가는 길

김 도 은   시 집

미산

| 시인의 말 |

누구나 한 번쯤 시인을 꿈꾸며 살지 않았을까요? 누구나 아름다운 시 한 편 마음 깊은 그곳에 있지 아니할까요?

아름다운 제주에 살면서 시를 쓰는 것은 너무도 자연스러운 것이었습니다.

굳이 치장하고 애써 꾸미지 않아도 이곳에서의 삶 자체가 시였고 노래였고 아름다운 자연의 몸짓이었습니다. 제가 한 것이라고는 자연이 들려주는 이야기를 그저 빈 노트에 받아 적었을 뿐입니다.

이렇게 아름다운 세상을 선물로 주신 창조주 하나님께 내 작은 사랑의 마음이 전해지길 소망합니다.

등단한 지 2년 만에 드디어 첫 개인 시집을 내게 되었습니다.

이곳 제주에 살면서 5년간 한편 한 편 적어온 나의 글들이 한 권의 시집이 되어 세상에 빛을 보게 되다니 너무도 가슴이 두근거립니다.

글을 쓰면서 혼자만의 것이 아니라 함께 공감하는 글, 쉽고 편안한 시가 되길 바랐습니다.

저의 바람대로 거친 세상 속 상처 입은 그대의 마음에 따뜻한 위로가 되길 소망합니다.

2022. 11. 11.

김 도 은 씀

　시인 김도은은 '누구나 아름다운 시 한 편 마음 깊은 그곳에 있지 아니할까요?'라고 모든 이에게 묻는다. 사람은 누구나 시심(詩心)이 있어 좋은 시를 읽고 마음에 간직하고 때론 짓고 싶어 한다. 하지만 아름답고 좋은 시를 짓는 것이 쉬운 일이 아니다. 아름답고 좋은 시가 무엇인가에 대한 대답이 오래된 진행형의 숙제지만, 김도은 시인은 인간의 삶과 자연을 깊이 들여다보고 여기에 무언가를 보태 '사랑'을 만들어 노래하고 있다. 김도은 시인의 작품을 천천히 음미해 보면, 시인은 자타일여(自他一如)의 마음으로 바라보는 대상과 하나가 되어 맛깔스러운 율어(律語)로 새로움을 찾아내고 있는데, 그를 즐기고 있다. 시인의 서정은 친밀하고 자연스럽고 풍요롭기까지 하다. 평소 시를 읽고 즐기며 짓는 일에도 관심을 두고 있기에, 한 편의 시라도 소홀히 할 수 없음을 안다. 시인이 하나하나 열과 성으로 써 내려간 시들은 일상의 지친 심신에 신선한 바람이 되어 사랑과 배려, 감동을 안겨줄 것이기에 곁에 두고 읽기를 권합니다.

2022년 겨울, 와유당(臥遊堂) 서재에서
법무법인 우리법률 대표변호사 진 영 광

차례

제1부 내 인생의 시 한 편

내 인생의 시 한 편 / 3
마음이 가난한 사람 / 4
작은 소망 하나 / 5
작은 것의 소중함 / 7
이런 사람이 되고 싶다 / 8
역지사지 / 10
친구 1 / 11
친구 2 / 12
침묵 / 13
작은 바람 / 14

제2부 그대에게 전하는 바람의 속삭임

오늘은 말하고 싶어 / 19
제주도 그리고 숲 / 20
나만의 시크릿 가든 / 21
꽃차(Flower tea) / 24
유월 애(愛) / 26
바다 / 27
너는 풀처럼 푸르다 / 29
바람 부는 날에는 1 / 30

나도 너처럼 / 31
풍경소리 / 32

제3부 그대 나와 함께 걸어요 이 푸른 숲길을

동행 / 35
내 삶의 주인공 / 37
들꽃 향기 / 38
친구 / 39
동상이몽 / 41
너라는 설레임 / 42
존재의 의미 / 43
5월 애(愛) / 44
어느 추운 겨울 창가에서 / 45
제주 애(愛) / 46

제4부 그대에게 가는 길 위에 꽃이 피네요

수국 피던 어느 날 / 49
꽃이 피었네 / 50
너를 기억할게 / 52
오월의 향기 / 54
봄비 내리는 날에 / 55
봄비 / 56
사람 꽃 / 57

눈꽃 / 58
너는 나의 꽃이야 / 59
꽃이 되고 싶어라 / 60

제5부 **눈부시게 푸르른**

너와 함께 / 63
내 안의 너 / 64
아침 / 66
집이 좋아요 / 67
일출 / 69
일상의 감사 / 71
네가 참 좋다 / 73
너니까 / 74
둥지 / 75
손잡고 가요 / 76

제6부 **날아올라 저 하늘 끝까지**

이렇게 살고 싶다 / 79
아가야 / 80
의미 / 81
소풍 나온 듯이 / 82
모닝 커피 / 83
사려니 숲으로 가자 / 84

비행 1 / 86

비행 2 / 87

공항 가는 길 / 88

작은 섬 이곳에 / 89

제7부 **그리움이 몽글몽글**

그리워 그리워 / 93

4월의 봄 / 95

이유 아닌 이유 / 96

회한 / 97

하나만의 사랑 / 98

비 오는 수요일에 / 99

대포항 밤바다 / 100

널 그리며 / 101

그대여 / 102

그대가 그리워요 / 103

제8부 **계절이 지나갑니다**

바람 부는 날에는 / 107

가을에는 / 108

가을의 향기 / 109

첫눈 / 110

봄날 애(愛) / 111

숨바꼭질 / 112
그냥 그렇게 / 113
겨울 바다 / 114
환절기 / 115
아! 가을이다 / 116

제9부 **마음이 따뜻해져요**

그리운 아버지 어머니 / 119
엄마의 부엌 / 120
아버지 마음 / 122
어머니의 그 사랑 / 123
꿈속 고향 / 124
내 고향 산야 / 125
여행 / 127
우리 둘이 / 128
딸 방에 누워 / 129
숲속 우리집 / 130

제10부 **꽃이 집니다**

이제 안녕 / 133
가을 손님 / 134
동백꽃 연가 / 136
한 송이 들꽃으로 / 137

더 많이 주고 싶어 / 139

사랑아 / 140

봄 꿈 / 141

떠난 이에게 / 142

꽃지는 계절에 / 143

널 사랑해 / 144

제 1 부

내 인생의 시 한 편

내 인생의 시 한 편

새벽녘 차가운 공기처럼
물 위를 스치는 바람처럼
흔적 없이 살다 가더라도
날 기억할 시 한 편 남기고 싶다

봄날 꽃잎처럼
찬란하게 피어나지 못하여도
여름날 풀잎처럼
푸르게 빛을 발하지 못하여도
가을날 나락처럼
영롱하게 열매 맺지 못하여도
겨울날 대지처럼
평온하게 모든 걸 품어주지 못하여도

바람처럼 공기처럼
흔적 없이 사라질 인생일지라도
이 세상 살면서 나를 기억해 줄
따뜻한 시 한 편 남기고 싶다

마음이 가난한 사람

비가 오면 내 마음은 비에 젖고
눈이 오면 내 마음에 눈이 쌓인다
바람 불면 내 마음은 흔들리고
구름 끼면 내 마음에 구름이 낀다

때 묻은 세상이 나를 버리면
나도 때 묻은 세상을 버리고
순수가 손짓하면
나는 순수를 따른다

네가 웃으면 나도 웃고
네가 슬프면 나도 슬프다

그래 맞다
나는 마음이 가난한 사람이다
너 때문에 흔들리는
나는 마음이 가난한 사람이다

작은 소망 하나

물 위에 비추인 풍경
너무나 맑고 깨끗해
산은 강인 듯 강은 산인 듯

지난 여름 비바람 몰아치던 그 날
푸르던 쪽빛 열매
절반은 떨어져 퇴색해 가고
절반은 붉게 영글어가고

인생의 푸르던 날들
한여름 휘몰아치던 폭풍우처럼
정신없이 스쳐 지나
절반은 땅에 떨구고
절반만 남은 인생일지라도

저물녘 길게 드리워진 산 그림자처럼
짧았던 내 생각도 덩달아 길어지길
숨겨지지 않는 나의 마음 맑게 비치길

색 바랜 희나리가 아니라
붉게 영글어가는 가을 열매처럼

깊어가는 강물 위에
내 마음 투명하게 투영할 수 있기를
오늘도 소망해

작은 것의 소중함

아주 작은 것이라도
무엇이 될지 알지 못한다
한 톨의 먼지가 쌓여 한 줌의 흙이 되고
그 위에 작은 씨앗 하나가 내려앉아
꽃을 피울 수도 있으리라
나무가 되고 숲이 될 수도 있으리라

아주 작고 여린 새싹일지라도
봄 가뭄을 이기고
여름 장마를 견디고
가을 태풍이 지나면
잘 익은 열매를 수확할 수 있으리라

문득 스쳐 가는 단어 하나
문장 하나 놓치지 않는다면
마음을 위로하는 글이 되고
마침내 한 권의 책이 될 수도 있으리라

작은 것이라도 하찮게 여기지 않고
작은 것 속에서도 크고 소중한 것을 볼 수 있도록
마음의 눈을 키워보리라

이런 사람이 되고 싶다

맑은 사람이고 싶다
푸르른 숲의 공기처럼
비 갠 후 하늘처럼
풀잎에 맺힌 영롱한 이슬처럼
맑은 마음으로
그대를 내 안에 비추리라

아름다운 사람이고 싶다
이름 없는 들꽃처럼
한 마리 고고한 학처럼
투명하게 빛나는 보석처럼
아름다운 미소로
그대를 웃게 하리라

따뜻한 사람이고 싶다
환한 봄 햇살처럼
추운 겨울 손난로처럼
따뜻한 마음으로
그대의 차가운 마음을
포근히 감싸주리라

아련한 사람이고 싶다
저무는 저녁노을처럼
다하지 못한 작별의 인사처럼
아련하게 떠오르는
그대의 그리움이 되어주리라

역지사지

흘러가던 흰 구름
산허리에 잠시 머물다 가는
그 마음 헤아려봅니다

꽃잎 스쳐 가던
바람의 마음을 떠올려봅니다

발길에 흩어지던 흙먼지 한 줌에도
어떤 의미가 담겨있는가
생각에 잠겨봅니다

밤새워 썼다 지웠다 썼다 지웠다
꼬깃꼬깃해진 편지 한 장
끝내 전하지 못하던
그 마음 알기에 언제부턴가
너의 마음은 어떠한가
바꿔 생각하는
습관이 생겼습니다

친구 1

마주 앉아 술 한 잔 주거니 받거니
많은 말 나누지 않아도
그저 한 잔 술에 네 말이 내 말 되고
내 말이 네 말 되는
사심 없는 그런 사이

비 오는 어스름 저녁
김치전 한 장 부쳐두고
막걸릿잔 부딪치며
눈치 보지 않고 편하게
이말 저말 하더라도
나중에 곱씹지 않을 그런 사이

친구 2

친구란 인디언 말로
내 슬픔을 자기 등에
지고 가는 사람이란다

나도 이런 친구가 되고 싶다

너의 슬픔은 나의 슬픔이고
너의 아픔은 나의 아픔이며
너의 고민은 나의 고민이고
너의 기쁨은 나의 기쁨이며
너의 행복은 나의 행복이 되는

나도 이런 친구가 되고 싶다

나는 너의 친구 되어
너의 슬픔을 내 등에 지우련다
나는 너의 친구 되어
너의 기쁨과 행복도 내 등에 지우련다

침묵

당신을 사랑합니다
입으로 말하지 않았습니다
소리 내어 말하지 않았습니다

당신을 사랑합니다
눈빛으로 말했고
가슴으로 말했고
마음으로 통곡하듯 쏟아냈습니다

이렇게 힘든 사랑을
사랑한다 한마디로 표현하기에
그 말은 너무 쉬워
차라리, 아무 말 하지 않겠습니다

그저 눈으로 가슴으로
마음으로 소리치며
침묵하렵니다

이 마음 몰라줘도
이 몸짓 이해받지 못하더라도
그래도 당신을 사랑합니다

작은 바람

바다 위를 비추는 한결같은 등대의
푸른 불빛이면 좋겠습니다

밤하늘 어둠을 뚫고 얼굴을 내민
둥근 보름달이면 좋겠습니다

어스름 저녁 붉게 물든
노을이면 좋겠습니다

푸르른 들판에 무심히 피어난
하얀 들꽃이면 좋겠습니다

무더운 여름날 시원하게 쏟아지는
맑은 계곡의 폭포이면 좋겠습니다

산들산들 바람 따라 자유로이 흔들리는
초록빛 나뭇잎이면 좋겠습니다

당신이 밟고 가는 조그만
숲속 오솔길이면 좋겠습니다

무엇이든 당신이 바라보는
그 무엇이 되었으면 참 좋겠습니다

제 2 부

그대에게 전하는 바람의 속삭임

오늘은 말하고 싶어

오늘은 말하고 싶어 너에게
너의 미소는 햇살처럼 따사롭다고

오늘은 말하고 싶어 너에게
너의 눈은 혜성처럼 빛이 난다고

오늘은 말하고 싶어 너에게
너는 내게 용기를 주는 사람이라고

오늘은 말하고 싶어 너에게
너는 나를 설레게 하는 단 한 사람이라고

오늘은 말하고 싶어 너에게
나는 네가 너무 좋다고

제주도 그리고 숲

숲이 가을로 물들어 갑니다
머리카락을 스치는 소슬바람에
혹여 님인가 하여 뒤돌아봅니다

몽글몽글 연둣빛 봄이 가고
눈부시게 빛나던
초록빛 여름을 보냈습니다

이곳 제주에서 다시 맞이하는
가을 숲은 또 어떤 색일는지
자꾸만 가슴이 콩닥거립니다

어느 날 갑자기 훅 하고 답답함이
밀려오는 그 날에 다시 여행 갈
채비를 꾸려야 할지도 모르겠지만
빨라지는 시간의 발걸음이
자꾸 야속하게 느껴집니다

아름답다는 말만으로
다 표현할 수 없는 풍경이
그리고 시간이 흘러갑니다.

나만의 시크릿 가든

조롱조롱 작은 풀꽃이 만발하고
종알종알 나지막이 새소리 들려오고
철썩이는 파도 소리와
눈부시게 파란 바다를 마주하는 곳

때때로 이 조그마한 섬이
라푼젤의 성처럼 답답하다 느껴질 때
긴 머리 늘어뜨려 성을 탈출하는 소녀처럼

그 어느 시대던가 불의와 싸우다
관직을 박탈당하고 섬으로 쫓겨와
자유를 갈망하는 유배자처럼
답답함이 밀려올 때

나는 뛰쳐나가 차를 타고 달린다
해변을 따라 달리다 보면
한적한 언덕에 다다르고
엑셀을 밟고 헉헉거리며 언덕을 오르고

다시 내리막길 모퉁이에서
속도를 줄여 조금만 비켜서면

관광객들은 알지 못하는
나만의 아지트 그곳에 다다른다

풀 내음과 솔향과 은은하게 퍼지는
들꽃의 향기를 맡으며 오솔길을 걷다
바다로 향하는 좁은 계단을 내려오면

구멍이 숭숭 뚫어진 검은 화산석 사이로
바닷물이 들었다 나갔다를 반복하고
보말이 올망졸망 매달려 있고
초록 빛깔 미역 줄기가 나풀거리고
갑작스러운 발소리에
깜짝 놀란 꼬마 게들이
우왕좌왕하는 그곳

그곳에서 잠시 동안 조용히 앉아
숨 고르기를 하다 아무 생각 없이
그렇게 바다를 바라본다

나만의 아지트 그곳에 서면
비로소 나는 자유롭다

비로소 나는 숨을 쉴 수 있다
비로소 나는 살아있음을 느낀다

소박한 나의 아지트
소중한 나만의 시크릿 가든

꽃차(Flower tea)

나의 서재에서 너를 만난다
시가 있고 수필이 있고
소설이 있고 철학이 있다

한때 눈부시게 찬란했을 너는
스러졌다 다시 피어난다
나의 찻잔 속에서

설국 열차를 타고 이곳까지
먼 길 마다하지 않고 달려와 준
너의 열정이 나에게 전해진다

너의 향기로 너를 느끼고
너의 색깔로 너를 짐작하며
너의 온도로 너의 따뜻함을 느낀다

보고 싶었다는 그 말은
미소 속에 감추고
너는 그저 나의 안부를 묻는다
오늘 하루는 어떠했냐고

한 잔의 화려한 꽃차를 마시며
손끝으로 전해지는 너의 따뜻함에
그립다는 그 말은 꽃잎 속에 감추고
나는 너에게 묻는다
너의 하루는 어떠했냐고

유월 애(愛)

눈부시게 푸르던 그 날에
조용히 스치던
향긋한 풀꽃 냄새
익숙한 듯도 아닌 듯도 한데

스쳐 가버린 바람의 향기가
그대의 향기였다고
그저 미루어 짐작했습니다

때 이르게 피어난 코스모스
한들 바람에 꽃잎 나부끼던
유월 어느 날

꽃향기, 풀향기
흩날리는 향기 품고
눈부시게 푸르른 그 날에
그대가 왔습니다
나에게로

바다

수많은 시선 속에 너의 눈빛은
그리고 나의 눈빛은 서로를 향해 있다
무심한 듯 스쳐 가는 너의 시선 속에
다른 곳을 바라보는 나의 시선 속에
때론 차갑게 때론 뜨겁게
때론 아련하게 때론 아프게
그렇게 서로를 눈에 담는다

나를 품고도 남을 만큼
너의 품은 한없이 넓고
그런 너의 품에 안길 만큼
나는 너를 사랑한다

바람이 불면 부는 대로
흐리면 흐린 대로
비가 오면 비를 품고
눈이 오면 눈을 품고
나 스스로의 생각으로 지쳐있을 때도
이유 없이 까닭 없이 네가 싫어질 때도
그저 아무것도 묻지 않고
너는 침묵하며 나를 품는다

어제는 오늘처럼
오늘은 어제처럼
그렇게 늘 변함없이
너는 나를 품는다

너는 풀처럼 푸르다

잡초면 어떻고
화초면 어떠한가?
내 눈엔 잡초든 화초든
풀이든 푸르러서 보기 좋다

드넓은 들판에 풀이라도 없었다면
얼마나 황량할까?
풀이든 잡초든
네가 있어 푸르르다

풀잎에 이슬 맺히니
보석처럼 빛이 나고
풀에도 꽃이 피니
화초만큼 아름답다

잡초 같은 삶도
한 번쯤은 푸르르다
풀 같은 삶도
한 번쯤은 꽃이 핀다

바람 부는 날에는 1

바람이 불면 온몸으로
너를 안아주고 싶다
바람이 불면 온몸으로
너에게 안기고 싶다

바람 불어 흔들려도
흔들리는 몸으로라도
너를 안아주고 싶다

바람 불어 흔들려도
흔들리는 마음일지라도
조용히 침묵하며
너에게 안기고 싶다

바람이 불면 흔들리고 싶다
자유롭게
바람이 불면 흔들리지 않고 싶다
변하지 않게

나도 너처럼

나도 너처럼 꽃이고 싶다
잡초 속에 피어나도
달달한 향기를 뿜어내고
황무지 메마른 땅에서도
환한 미소를 잃지 않는
나도 너처럼 꽃이고 싶다

나도 너처럼 별이고 싶다
캄캄한 어둠 속에서도
어둠에 물들지 않고
자신의 색깔을 지켜내며
반짝반짝 빛이 나는
나도 너처럼 별이고 싶다

나도 너처럼 바람이고 싶다
하늘까지 사뿐히 날아올라
어디에도 얽매이지 않고 자유롭게
그리운 것들을 찾아 떠나
따뜻한 희망의 메시지를 전해주는
나도 너처럼 바람이고 싶다

풍경소리

차르르 차르르
바람이 왔다가는
조용한 산사에
마음을 어루만지는
풍경 소리

햇살을 담아내는
고즈넉한 산사에
소망을 담은 풍경 소리
마음을 다듬는 풍경 소리

제 3 부

그대 나와 함께 걸어요
이 푸른 숲길을

동행

우리 발맞춰 함께 걷자
너무 느려 지루하지 않게
너무 빨라 지치지 않게

힘들 땐 서로 위로해주고
기쁠 땐 함께 기뻐해 주고

나의 말에 귀 기울여 주고
너의 말에 미소 지어주고

속닥속닥 속삭이고
서로 보고 웃어주며

너의 아픔이 나의 아픔이고
너의 기쁨 또한 나의 기쁨이다
아픔은 나누면 반이 되고
기쁨은 나누면 배가 되리라

네가 빨리 걸으면 나도 빨리 걷고
네가 늦게 걸으면 나도 늦게 걸으리

천천히 걷지만 느리지 않고
빨리 걷지만 숨차지 않게

빠르게 가는 게 목적이 아니고
빨리 도착하는 게 목적이 아니니

우리 발맞춰 함께 걷자
우리 손잡고 함께 걷자

내 삶의 주인공

당신 곁에선
무명의 엑스트라 같던
나의 삶은 당당하고 멋진 주연이 됩니다

당신 곁에선
수많은 돌멩이 속 작은 모래 알갱이 같던
나의 삶은 반짝반짝 빛나는 보석이 됩니다

당신 곁에선
황무지 위 시들어 마른 잡초 같던
나의 삶은 눈부시게 아름다운 꽃으로 피어납니다

아무도 내게 관심 갖지 않아도
아무도 날 바라봐 주지 않아도
아무도 내 말에 귀 기울이지 않아도

오직 한 사람
당신만 곁에 있으면
내 삶은 향기롭고 따뜻합니다

당신은 내 삶의 주인공입니다

들꽃 향기

손잡고 함께 걷던 오솔길
지금은 나 홀로 걷는데
불어오는 바람에
들꽃의 향기 따라 묻어온 추억
잊고 지내던 너의 모습 떠올라

손끝으로 전해지던 너의 떨림
서툴고 두근거렸던 첫 키스
수많은 시간이 흘러 다시 돌아온
이 길에서 혹시라도 너를 만날 수 있을까

함께 했던 그 날처럼
꽃바람 불어오니 너의 향기인 듯
가슴이 두근거려

친구

날마다 집으로 돌아가는
캄캄한 밤길에 친구 되어주던 너
네가 아니었으면
나는 그 길을 걷지 못했을 거야
네가 아니었으면
그 밤길이 너무 무서웠겠지

바람 부는 봄날에도
비 내리는 여름날에도
낙엽 지는 가을날에도
눈보라 치는 겨울날에도
대학입시 전날까지도
어두운 밤길 함께 걸어주던 너

너는 말하고
나는 너의 말을 경청하고
유머러스한 너의 말들이
너무 재미있어서
그 밤길이 전혀 무섭지 않았다

한 번도 해본 적 없는 고맙다는 말
이제는 해야겠어
친구야 고마워 정말 많이 고마워

동상이몽

같이 출발했다 처음에
그러다 너는
아무것도 보지 않는 듯
앞만 보고 뛰듯이 걸었다

손잡고 천천히 함께 걷고 싶었다
꽃을 보며 그 향긋함에 대하여
잎을 보며 그 푸르름에 대하여
열매를 보며 풍요로운 결실에 대하여
숲을 보며, 하늘을 보며
자연이 주는 아름다움에 대하여
함께 나누고 싶었다

아직 채 나누지도 못했는데
연둣빛 봄이 가고
초록빛 여름이 가고
노란빛 가을이 가고
어느새 퇴색한 겨울이 되었다

너라는 설레임

너를 만나기 위해 머리를 감고 샤워를 하고
3시간 전부터 준비를 해도 시간이 부족해

더운 날씨에 뜨거운 바람으로 머리를 말리고
웨이브를 말았다 폈다 화장을 했다 지웠다

무얼 입고 나갈까 옷을 고르고
입었다 벗었다 수 차례 전쟁처럼
준비하다 어느새 너와의 약속 시간이 급해져
허겁지겁 뛰쳐나가도
하나도 지치지 않아

때때로 오해하고 질투하고
그래서 더 외롭고 더 쓸쓸해도
나를 반짝이게 해주는
햇살처럼 따뜻한 너의 미소가 좋아
나를 설레게 하는
바람처럼 시원한 너의 향기가 좋아

존재의 의미

너 때문에 가슴 뛰고
너 때문에 심장이 멎는다

너 때문에 한겨울 추위에도 따스한 봄바람 부는 듯하고
너 때문에 한여름 더위에도 소름 돋게 추워진다

너 때문에 어둔 밤은 대낮 같고
너 때문에 훤한 대낮은 캄캄한 한밤중인듯하다

너 때문에 세상의 중심이 나인 듯 희망이 샘솟고
너 때문에 세상 끝에 서 있는 듯 절망한다

너 때문에 흐르는 시간이 아쉬워 눈물 흘리고
너 때문에 찰나는 영원처럼 더디게 흘러간다

너 때문에 함께 있는 행복함을 알았고
너 때문에 외로움이 수천 배는 되는듯하다

너 때문에 사랑하고 너 때문에 질투한다
너 때문에 살고 싶고 너 때문에 죽고 싶다

5월 애(愛)

이제 보내드립니다 아름다운 나의 님이여
살랑살랑 속삭이던 달콤한 님의 목소리
살짝쿵 나의 하얀 솜털을 건드리고
내 마음 한 자리 차지하던 님을
이젠 보내야 하나 봅니다

부디 잘 가십시오
우리의 헤어짐이 마지막이 아님을
다시 만날 그날을 손꼽아 기다리겠습니다

라일락 지고 이름 모를 풀꽃이 만발한
그 계절에 다시 만나요
당신을 사랑했습니다 사랑합니다
저를 다시 찾아주신다면 전보다 더
열정적으로 당신을 사랑하겠습니다

어느 추운 겨울 창가에서

눈보라 치는 영하의 날씨를 견딜 수 있는 건
작열하는 태양 아래 땀 흘리던 그 날이 있었기 때문이다

너와 헤어져 쓸쓸함에 몸서리쳐지는
고독함에도 꿋꿋이 견딜 수 있는 건
네가 나에게 건네던 따뜻한 미소 때문이다

비록 지금은 추위와 고독함에 힘든 나날이지만
이 또한 과거의 기억이 될 것이기에 그래도 견딜만하다

제주 애(愛)

가슴이 떨린다 두근거린다
사랑하는 그대를 맞이하듯
초록으로 가득한 숲이,
바다가, 자연이
내게 주는 감동이다

이름 모를 풀꽃이 만발한 해안가
가지런하고 올곧게 뻗어 올라간
삼나무 숲길
지쳐가던 숨결이 정화되고
맑아지는 이 느낌

바다와 숲의 공기를 음미하고
살랑살랑 불어오는 바람에게
내 마음 한 자리 내어주며
아름다운 싯구가 떠오르는
이곳은 제주

제 4 부

그대에게 가는 길 위에
꽃이 피네요

수국 피던 어느 날

생각 없이 달리던 길 위에서
우연히 마주하게 된 너는
너무도 찬란하게 빛나고 있었지

꽃은 어디나 흔하게 피어난다지만
너는 흔하지 않은 고귀함을
변함없는 우아함을 나에게 선물했지

기대하지 않았기에 감동은 더 크고
실망 없이 다가오는 온전한 기쁨으로

예고 없이 찾아가 허락 없이 눈 맞춤해도
너는 그저 환한 미소로 조용한 침묵으로
표현할 수 없는 그리움의 향기를 선물한다

꽃이 피었네

꽃이 피었다 세상이 달라졌다
바닷가 옆 작은 숲길을 걷는다
노랗게 꽃망울 터트린
개나리 닮은 달콤한 노랑꽃

너 때문이었구나
거칠게 불어대던 바람이
잔잔해진 이유가

너 때문이었구나
작은 숲길 몽글몽글
아지랑이 피어오른 이유가

초점 잃은 시선과 흐릿한 정신이
네 앞에 멈춰 선 순간 다시 맥박이 뛰고
가슴이 뜨거워지고 손끝이 간질간질하다

다시 오지 않을 것처럼
차갑게 돌아서던 너를
얼마나 야속해 했었는지 너는 알까

그립고 보고 싶어도 애써 눌러 참았던 그 마음
너도 그랬었구나 너도 나처럼
재회의 그 순간을 고대했구나

모진 겨울 찬바람
그렇게 견뎌내고
드디어 나를 다시 찾아주었구나

너무도 빠르게 사라질 찰나의 순간들
할 수만 있다면 다시 보내고 싶지 않다
할 수만 있다면 영원히 너를 곁에 두고 싶다

하지만 이제 알았다
너를 보내야 다시 네가
내게로 돌아온다는 것을

더 아름답게 더 눈부시게
다시 올 그때를 기대한다

너를 기억할게

함께 했던 우리의 지난 시간들
네가 있어 우리 모두는 참 좋았다
미소 짓고 깔깔거리고 맞장구치며
따뜻한 눈길로 마음을 나누고
서로를 위로했던 지난 시간들

너의 환한 미소가 너무 좋았고
너의 고운 목소리가 너무 좋았고
너의 따뜻한 마음은 더 좋았다

우리들의 미소 가득하던
소소했던 일상과 함께라서
좋았던 그때를 기억할게

네가 남기고 간 너무도 따뜻하던
그 미소를 영원히 기억할게

이제 너를 보내야겠지 아니라고
부정해도 너를 보내야겠지

시작이 있으면 끝이 있고
만남이 있으면 헤어짐이 있다지만
너를 보내야만 하는 마음은
천 갈래 만 갈래 찢어지듯 아프다

사랑하고 사랑하는 친구야 잘 가
이제 하나님 품 안에서
너의 영혼이 편히 쉬기를

오월의 향기

날 저물어 서산에 노을이 붉고
그대 향한 내 마음도 붉게 물들어

살짝이 불어온 초저녁 실바람에
감출 수 없는 내 마음 실어 보내면
아카시아 달콤한 꽃 향으로
그대 마음 나에게 화답해 주던

봄밤에 불어오는
싱그럽고 달큼한 그 향은
내가 너무도 사랑한 오월의 향기

그대는 나에게 꽃 향이었다
그대는 나에게 풀 향이었다

봄비 내리는 날에

산에도 들에도 도시에도 시골에도
가물고 메마른 대지를 적시는 봄비가
촉촉이 내립니다

방안에 조용히 누워있으니
후드득 떨어지는 빗소리는
그 어떤 소리보다 청아하고 맑게 느껴집니다

먼지만 풀풀 날리던
메마른 논과 밭이 봄비에 흠뻑 젖고
빗물은 흡족하게 밭이랑을 타고 흐릅니다

뜰 안 처마 밑에
빗물 흐르는 소리가 참 좋습니다

어머니와 마주 앉아 도란도란 나누는
이야기 소리가 더 좋게 느껴지는
비나리는 봄날입니다

봄비

봄비 내리고
반질반질 물오른
연둣빛 새순은 온천지를
초록으로 물들여간다

나뭇잎에도 풀잎 위에도
빗방울 떨어지는 경쾌한 소리

참나무 마른 장작에 불을 붙이고
두릅나무 새순에 밀가루 묻혀
부침개를 부친다

타닥타닥
뒤집어 논 솥뚜껑 위에서
연둣빛 새순이 익어간다
비 오는 봄날이 익어간다

사람 꽃

꽃이 아무리 예쁘다 하더라도
사람 꽃보단 조금 못하더라

꽃의 향기가 아무리 좋더라도
사람 냄새보단 조금 못하더라

꽃이 아무리 아름답다 하더라도
미소 짓는 사람의 얼굴은
꽃에 비할 수 없을 만큼 아름답더라

꽃의 색깔이 아무리 빛이 나도
사랑하는 사람을 바라보는
연인의 눈빛은 꽃보다 더 빛이 나더라

눈꽃

마른 나뭇가지 위로
하얀 꽃잎 내려앉았네요
봄은 아직 너무 멀리 있는데
꽃이 피어납니다

꽃피면 오시겠다 약속하신 님이여
님 그리며 더딘 세월 보내었더니
내 마음 어찌 그리 헤아리시고
이 추운 겨울날에
새하얗게 눈꽃을 피우셨군요

꽃피면 오겠노라 약속하신 님이여
여기 이렇게 하얀 눈꽃 만발하니
이 꽃잎 지기 전에
나비처럼 사뿐사뿐
내게로 와주세요

너는 나의 꽃이야

어느 날 너는 다가와 말했다
너는 꽃이야
나는 대답했다
아니야 나는 풀이야

매일매일 너는 말했다
너는 꽃이야
매일매일 나는 부정했다
아니야 나는 풀이야

그런데 어느 날 갑자기
꽃이 피기 시작했다
눈길 한번 받지 못하는
초라한 풀이었는데
자꾸자꾸 꽃이라 해서
나는 꽃이 되었다

어떤 꽃보다 향기롭고
어떤 꽃보다 눈부시게 빛나는
너는 나의 꽃이야
나는 너의 꽃이야

꽃이 되고 싶어라

꽃이 되고 싶다
꽃처럼 향기가 나면 좋겠다

그 향이 사월의 라일락처럼
짙은 여운으로
마음속 깊이 남아있으면 좋겠다

그 향이 오월의 장미처럼
화려하게 품위가 있으면 좋겠다

그 향이 숲속의 아카시아처럼
은은하게 코끝을 스치면 좋겠다

그 향이 들판에 피어난 토끼풀꽃처럼
싱그러워 상쾌함을 주면 좋겠다

꽃이 되고 싶다
모든 이의 가슴 속에
아름다운 꽃으로 피어
꽃처럼 향기가 나면 좋겠다

제 5 부

눈부시게 푸르른

너와 함께

오늘은 너와 마주 앉아
따뜻한 차 한잔 나누고 싶다
그저 아무 말 하지 않아도 편안하게
너를 바라봐 주고 너의 이야기 들어주고 싶다

결 고운 너의 손이
험한 세상살이에 거칠어졌어도
그 손 따뜻이 잡고
바닷가 모래언덕 사이
작은 오솔길을 너와 함께 걷고 싶다

가장이라는 책임감에
이 일 저 일 하느라 이 말 저 말 듣느라
얼마나 고단하고 힘들었을까

본성이 여리고 뽀얀 너의 마음이
조금씩 상처 입고 거칠어져 가도
힘들다 말로 표현할 수 없었을 너를

오늘 같은 휴일엔 두 손 꼭 마주 잡고
바람 부는 솔밭길 너와 함께 걷고 싶다

내 안의 너

너처럼 다리를 꼬고 가지런히 두 손 모아 잡고
다소곳이 네 옆에 앉아봅니다

자리가 부족한 것도 아니고
네 옆에 앉으라 강요한 것도 아닌데
굳이 왜 나는 네 옆에 붙어 앉는지
나도 잘 모르겠습니다

널찍한 다른 어떤 자리보다 비좁지만
그래도 네 옆에 끼여 앉아 부대끼고 싶은 게
진짜 내 뜻인지, 네 뜻이 내 뜻이 되었는지
어느 땐 스스로의 선택인 듯도 아닌 듯도 합니다

나는 너처럼 미소 짓고
너처럼 말하고
너처럼 가끔 헛기침도 합니다

혼자일 땐 무표정하고 새침한 내가
너를 보면 큰소리로 웃고 즐거워합니다

혼자일 땐 하루 종일 제대로 된 식사 한번 못하지만
너와 마주한 밥상은 산해진미 차려져 있지 않아도
보글보글 끓인 찌개 하나 달랑 놓여 있어도
그저 맛이 납니다

이제 어쩌면 좋습니까?
내 안에 나는 없고 너만 있는 듯하니
진정 나는 누구입니까?
나인가요? 나를 가장한 너인가요?

너의 아바타가 되어 가는 것이 내 뜻인지 네 뜻인지
이젠 따져 묻는 것도 귀찮아졌습니다
스스로 나를 지우는 건지 지워지는 건지
그런 모든 것에 무기력하게도
그저 이미 벌써 익숙해져 버렸습니다

나는 나인가요 ? 너는 너인가요?
나는 누구인가요?

아침

매일 맞이하는 아침이지만
오늘이 어제와 다른 것은
내가 당신을 사랑하는 까닭입니다

아직 밖은 차가운 겨울이라 옷깃 여미게 하지만
내 맘이 몽글몽글 따사로운 것은
내가 당신을 사랑하는 까닭입니다

어제 본 하늘이고 어제 본 바다지만
오늘이 더 새롭고 눈부시게 아름다운 것은
내가 당신을 사랑하는 까닭입니다

당신은 어제도 그제도
날마다 이렇게 말했습니다
"그거 알아? 당신 되게 예뻐 사랑해~"

수 없이 들어온 이 말이
새삼 가슴 떨리는 이유는
내가 당신을 사랑하는 까닭입니다

집이 좋아요

아무 걱정하지 말아요
당신은 당신 하고픈 거 하세요

바다를 건너고 싶으면 건너고
하늘을 날고 싶으면 날고
누구를 만나고 싶으면 만나고
노래를 부르고 싶으면 부르고
취하고 싶으면 취하고
그러다 지치고 그리우면 돌아오세요
가족이 기다리는 따뜻한 당신의 집으로

나는 나 하고픈 거 할게요
햇볕이 좋아도 바람이 불어도
꽃이 피고 벌 나비가 날아도
나는 집이 더 좋아요

음악을 듣고 책을 읽고
가끔 주제가 담긴 시를 쓰고
바다가 보이는 넓은 창가에 앉아
한잔의 커피를 마시며
생각에 잠길 수 있는

평화롭고 따뜻한 집이
나는 더 좋아요

일출

바람으로 샤워하는
푸르른 들판의 아침

매일 만나도 지치지 않고
매일 보아도 날마다 새롭고
매일 곁에 있어도 날마다 설레는
너의 찬란한 모습

산과 산 사이 봉긋하고
수줍게 얼굴을 보여주는
너의 맑은 그 얼굴
언제나 늘 같은 모습이지만
날마다 그 모습에
나는 감격하고
너는 수줍어한다

설명서도 없고 정답도 없는
우리의 인생
너처럼 지치지 않고
늘 새롭고 설레게
어둠을 걷고 빛을 비추는

너처럼 눈부시게
찬란하지만 겸손하게

일상의 감사

어제와 같은 오늘이고 오늘과 같은 내일이 될
그런 평범한 일상에 감사합니다

밤새 억수같이 쏟아붓던 비가 그치자
푹푹 찌고 습도 높은 한여름 날씨지만
말갛게 개인 하늘을 볼 수 있어 감사한 오늘입니다

평소와 다름없이 어질러진 집 안을 청소하고
설거지를 하고 그릇을 정리합니다

여지없이 뒤집어 벗어 논
남편의 빨랫감 열한 가지
모두 다시 돼 뒤집어 널어도
양말은 제대로 벗어놓으니 감사하고
그런 남편이 밉지 않아 더 감사합니다

털이 날리고 때때로 토를 하고
모래가 어질러지고 배설물을 치워야 하고
오래 안을 수 없이 성격 까칠한 고양이지만
새까만 눈에 눈길 가고 보드라운 털에 손길 가는
포근한 마음 주셔서 감사합니다

평범한 일상과 더운 날씨와
끝이 없는 집안일을 하여도
내 마음에 감사가 넘치게 하시니
오늘도 감사합니다

네가 참 좋다

사람 냄새나는 네가 좋다
남의 눈치 보지 않고
힘들면 힘들다 말하는 네가 좋다

권위적이지 않아 좋고
내게 눈길 줘서 좋고
평범해서 더 좋다

많고 많은 것들 중에
그저 그런 존재라 생각할 때
나를 나보다 더 소중하게 대해주는
네가 참 좋다

아무도 내 말에 관심 갖지 않을 때
내 말 들어주며 미소 짓는 네가 좋고
많고 많은 말 중에서
좋아한다 말해 주는
나는 네가 참 좋다

너니까

내 평생을 다 바쳐 기다려도
아깝지 않아 너니까

내 영혼을 다 내주어도
아깝지 않아 너니까
너는 나의 전부니까

상상하기도 싫지만
네가 없다면 나도 없는 거야
네가 있어 내가 있는 거야

둥지

아직은 이른 봄 꽃샘추위에
붉고 붉은 홍매화 피어나니
나는 한 마리 새가 되어
홍매화 가지에 둥지를 틀고
가슴속 보드라운 새하얀 깃털 뽑아
가장 포근하고 따뜻한
둥지를 만들리라

그 따뜻한 둥지로 네가 날아와 주길
나의 하얀 속살에
붉은 핏방울 맺히더라도
너를 위해 새하얀 깃털 뽑아
가장 포근하고 따뜻한
새집을 지으리라

손잡고 가요

북적이는 추석 연휴 마음속에
쉼표 하나 찍으러 휴가를 떠납니다

어떤 이는 도시에서 시골로
여행을 떠나고
또 어떤 이는 너무 한가한 시골에서
도시로 여행을 떠납니다

복잡한 도시도 맘먹기에 따라
여유로운 휴가지가 되는듯합니다

손잡고 느리게 걷기도 하고
지하철도 타고 쇼핑도 하고
맛있는 것도 먹으며
한가한 휴가를 즐기고

다시 재충전을 하니
삶이 풍성해지는
한가위가 맞는듯합니다

제 6 부

날아올라 저 하늘 끝까지

이렇게 살고 싶다

봄날 아지랑이 피어오르듯
몽글몽글 꿈결 같고
바람난 봄 처녀의 마음처럼
두근두근 설레게

여름날 계곡의 폭포수처럼 시원하고
바쁘게 살아가다 맞이하게 되는
여름휴가 첫날처럼 기쁘게

가을날 추수하는 농부의 마음처럼 풍요롭고
소풍 가기 전날 밤 짐 꾸리는
아이처럼 즐겁게

겨울날 눈 쌓인 산골 풍경처럼 평화롭고
눈 내리는 날 들판을 뛰어다니는
강아지처럼 신나게

한 번만 주어지는 인생
기쁘고 즐겁고 신나게
그렇게 살고 싶다

아가야

아가야 어여쁜 나의 아가야
나는 너의 흙이 될 터이니
너는 꽃씨 되어
향기롭게 향기롭게 피어나라

아가야 어여쁜 나의 아가야
나는 너의 숲이 될 터이니
너는 나무 되어
하늘 향해 푸르게 푸르게 자라거라

아가야 어여쁜 나의 아가야
나는 너의 둥지가 될 터이니
너는 새가 되어
자유롭게 자유롭게 창공을 날으거라

아가야 어여쁜 나의 아가야
나는 너의 밤이 될 터이니
너는 별이 되어
찬란하게 찬란하게 빛을 발하거라

의미

나이가 많아진다는 건
늙어 가는 게 아니라
생각이 자유로워진다는 것

나이가 많아진다는 건
서로의 다름을 인정할 줄 알고
편견 없이 바라보는 맑은 영혼으로
조금씩 젊어진다는 것

나이가 많아진다는 건
경험이 많아진다는 것이고
그만큼 성숙해진다는 것

그래서 나이가 많아진다는 건
기쁘고 행복한 것

소풍 나온 듯이

행복하려고 태어난 거야
즐겁게 살려고 태어난 거야

서둘지 마 조급해 하지 마
조금 쉬어가도 되잖아
조금 놀다 가도 되잖아

불안해하지 말고 걱정하지도 마
시작이 있었으니 끝도 있겠지

조금 쉬면 어때?
조금 놀면 어때?

그동안 열심히 공부했고
열심히 일했고
너무 치열하게 살아왔잖아

행복하려고 태어난 거야
즐겁게 살려고 태어난 거야
조금 천천히 가도 괜찮아
조금 놀면서 가도 괜찮아

모닝 커피

이른 아침 한 잔의 커피는
잠자는 감성을 깨우는
설정된 알람

흐릿하던 기억 한 스푼
멀어져 가던 추억 두 스푼
그 위에 커다란 하트 하나

쓴 커피를 마셔도
추억이 함께하는
커져가는 그리움은
한 잔의 달달함
손끝으로 전해지는
따뜻한 그리움

사려니 숲으로 가자

숲으로 가자
바람 부는 제주도
사려니 숲으로 가자

숲으로 가서
지친 너와 나의 마음을
깨끗이 씻어보자

검은 바이러스의 공격에
누렇게 변한 폐를 꺼내
숲 바람에 씻어 말리고

우울했던 심장도 꺼내
나뭇가지에 걸어두고

가벼운 발걸음으로
사려니 숲 길을 걸어보자

푸른 드레스 갈아입고
나뭇잎 위에 가만히 손을 얹고
살랑살랑 불어오는 봄바람에

덩실덩실 춤이라도 추어보자

숲으로 가자
삼나무 가지 사이로
푸른 바람 불어오는
제주도 사려니 숲으로 가자

비행 1

날아올라 허공을 향하여
날아올라 두 팔 벌려
깃털처럼 가볍게
바람의 날개옷을 입고

초속 천 마일로 공기를 가르고
빛의 속도로 구름을 가르고

드디어 만나게 될 너를
얼음처럼 차가운 너를
해처럼 뜨겁게 안아 주리라

비행 2

허공 속에서 바람 속에서
공기처럼 바람처럼
우리의 호흡처럼

하늘엔 하얀 낮달이
발아래 구름바다가
구름 아래 다시 하늘이

하늘과 구름과 바다가
그리고 너와 내가
돌고 돌고 또 돌고
원이 되고 구가되고
우주가 되고
우리는 하나가 되어

끝없는 공간 속에서
구름을 만나고
비를 만나고
바람을 만나고
하얗게 퇴색한 달을 만나고
하나 된 우리를 만난다

공항 가는 길

길가에 심겨둔 야자수와
꽃들의 어우러짐이 아름답습니다
이제야 한가히 생각에 잠겨봅니다

오랜만에 섬을 떠나기 위해
어제부터 분주히 장을 보고 찬을 만들었습니다
냉장고를 정리하고 그릇을 정돈하고
그렇게 몸도 마음도 바쁘게 움직이던 시간이 지나고
공항 가는 택시에 앉아 조용히 머리를 기대봅니다

상쾌한 바람이 불어옵니다
꽃잎이 흔들리고 나뭇잎이 춤을 추고 머리카락이 흩날립니다
차창 밖 꽃들은 더욱 붉고 더욱더 찬란한 빛을 발하는듯합니다
나뭇잎들도 더욱더 푸르러 보입니다

이제 생각을 정리해야겠습니다
포근하던 봄과의 작별을 고하고
상쾌하지만 열정적인 여름을 맞이해야겠습니다

바람이 붑니다
아직은 상쾌하고 푸르른
초여름 바람이 불어옵니다

88

작은 섬 이곳에

커다란 창으로 아침 햇살 스며들고
일렁이는 바다가 한눈에 들어오는
아늑하고 한적한 작은 섬

따뜻한 아메리카노 한 잔
귓속을 간지럽히는 음악
언 마음 녹여주는 따뜻한 시집 한 권

평생 이렇게 너의 곁에서
평화롭고 포근하게
서로를 향한 애뜻함으로
기도하며 살고 싶다

제 7 부

그리움이 몽글몽글

그리워 그리워

창가에 멍하니 앉아
바다를 바라봄은
너를 그리워하기 위함이다

삼나무 숲 평상에 누워
흐르는 구름에 내 마음 싣는 것은
너를 생각하기 위함이다

숲길을 걸으며
풀 내음을 맡는 것은
너의 향기를 떠올리기 위함이다

언덕을 오르며
바람을 맞이하는 것은
너의 손길을 느끼기 위함이다

비 내리는 창에
머리를 기대봄은
너의 가슴에 포근히 안기던 그때를 기억하기 위함이다

한 잔의 커피 속에

달달한 설탕 한 스푼 넣고
그리움이라 말하고 싶다

그리워 그리다 너를 그린다
너를 만나 설레던 그때가
그리워 그리워 너를 그린다

4월의 봄

옛 추억을 생각하며 자전거를 타고 달린다
구불구불한 논길을 따라가다 보면 저수지 앞에 다다르고
그 길옆에 수줍게 피어있던 보랏빛 라일락꽃
향기로운 4월의 봄이 내 마음을 온통 물들이던 그때 그 시절

그 아름다운 향기와 함께
소녀의 마음도 부풀어 올랐던 보랏빛 4월
해마다 그때가 돌아오고
해마다 코끝이 간지러워

내 마음에 피어나던 라일락꽃 향에
떠나야겠다 너를 찾아서
네가 있는 그곳 4월의 봄날로

이유 아닌 이유

소슬한 저녁
가을바람이 불어옵니다

서녘 하늘 물들인 붉은 노을은
눈부시게 아름답습니다

동녘 하늘에 빛나는
손톱달이 떴습니다

찬비가 추적추적
내리기 시작합니다

울긋불긋 단풍 들더니
낙엽이 집니다

새하얀 첫눈이 펑펑 내립니다

모두 모두 당신을 불러낼 이유입니다

회한

봄바람에 분홍 꽃잎
흩날리는 날이라던가

풀잎 위에 빗방울
후드득 떨어지기 시작할 때라던가

창문 밖에 붉은 단풍
찬바람에 뚝~떨어질 때라던가

하얀 눈송이 처음 내리는 그런 날
문득 떠오르는 그리움

다하지 못한 지난 시간들
애처로워 눈물 흐르네

하나만의 사랑

하얗게 반짝이는 따뜻한 햇살
아카시아 향기 품은 꽃바람 불어오고
눈부시게 푸르른 그 계절에
내 마음에 그대를 저장했지요

그대와 함께 했던 그곳의 공기가
얼마나 따뜻했는지
그대는 아마 모를 거예요

그대가 나를 보며 미소 지을 때
나의 귓가에 나뭇잎 바스락거리는 소리가
들리는 듯해요

그댈 향한 이 마음 커져만 가는데
그대에게 향하는 이 마음 들키고 싶지 않아
어색한 미소 지으며 뒤돌아서요

좋아한다 말할 수 없어 눈물이 나요
다가갈 수 없어서 마음이 아파요

얇은 꽃잎 위로 찬비 내리고
이젠 그만 그대를 잊고 싶어요

비 오는 수요일에

민물과 바닷물이 만나는 비 내리는 날에
물과 물이 만나 함께 흘러갑니다

처음엔 서로의 맛이 다르고 냄새가 달랐지만
곧 우린 하나가 됩니다

그것은 변화입니다
나를 버리고 당신을 받아들이는 것

작은 빗방울이었던 내가
인도양이 되고 대서양이 되고
태평양이 될 수 있는 것은
당신이 나를 허락했기 때문입니다

환희의 순간도 용솟음치는 희망도
절망하는 아픔도 밤 같은 두려움도
바다가 비에 젖듯
당신의 사랑이 내 마음에 젖어 들어
빛나는 기쁨의 순간이 되기를
소망합니다

대포항 밤바다

오래된 친구에게
술 한 잔 핑계로 불러내
얼굴 보며 얘기하니 참 좋다

대포항을 비추는 오징어 배 불빛도 좋고
덩그렇게 떠 있는 하얀 상현달도 참 좋다

지난날을 추억하며
우리의 시선은 한 곳으로 향하고
우리의 추억도 한 곳으로 향한다

순수했고 풋풋했고 싱그러웠던
우리들 만남에 대해

수십 년이 흘렀어도 이렇게 마주 앉아
함께 술잔을 기울이며 어제 일처럼
이 얘기 저 얘기 나눌 수 있는
격 없는 친구라서 우리 참 좋다

널 그리며

네가 그리운 날도 있고
너를 지우고 싶은 그런 날도 있다

해무가 짙게 낀 날이거나
부슬부슬 비라도 내리는 날
나는 네가 그립다

두둥실 밝은 달이
검은 바다 위로 덩그러니 떠오른
그런 날이거나
달 같은 붉은 해가 바닷속으로
쏙 떨어지는 날이거나
어스름 푸른 밤이
바다로 기울어지는 그런 날엔
나는 네가 그립다

맑은 날은 맑아서
흐린 날은 흐려서
비가 오면 비가 와서
눈이 오면 눈이 와서
그리운 이유는 끝이 없고
그래서 나는 너를 지우고 싶다

그대여

나 그대를 기다리느라
내 눈은 동구밖에 두었습니다

나 그대를 기다리느라
내 심장은 벌써 십 리 밖까지
마중 나가 있습니다

나 그대를 기다리느라
내 마음은 벌써
그대 곁에 가 있습니다

나 그대를 기다리느라
눈멀고 심장이 멈추고
마음마저 가난한
빈 껍데기가 되었습니다

그대가 그리워요

바람이 부네요
구름이 흐르네요
노을이 이쁘네요
달이 떴네요

비가 오네요
꽃잎이 비에 젖네요
내 마음도 비에 젖네요
그리고 나는 그대가 그립네요

제 8 부

계절이 지나갑니다

바람 부는 날에는

바람이 불어오면
지나간 시간이 흔들리고
꽃잎이 흔들리고
그리움의 향기가 피어난다

그대 향한 이 마음
구름 위에라도 실어 볼까
바람 끝에라도 매달려 볼까

먼지처럼 사라질 듯
희미한 기억이
바람 부는 날에는
언덕을 넘고
바다를 넘는다

가을에는

가을에는 하늘이 되고 싶다
투명하게 맑고 푸른 하늘 되어
파랗게 네 맘에 물들어 가리라

가을에는 바다가 되고 싶다
푸른 하늘을 다 담을 수 있는 깊고 넓은 바다 되어
사랑으로 너를 젓게 하리라

가을에는 숲이 되고 싶다
형형색색 오색찬란 단풍 든 숲이 되어
지루하지 않도록 네 맘에 알록달록 내 마음 뿌려주리라

가을에는 들녘이 되고 싶다
노랗게 익어가는 콩 알갱이 쌀 알갱이 되어
고소한 포만감으로 채워주리라

가을에는 바람이 되고 싶다
살랑살랑 시원한 바람 되어
하늘과 바다와 숲과 들녘이 된 나를 만나리라

가을에는 ......

가을의 향기

낯선 듯 익숙한 당신의 향기에
잠깐 눈 돌려 봅니다
당신의 쓸쓸한 뒷모습에
잠깐 눈길이 머뭅니다
돌아오는 길 코끝에 묻어온 당신의 향기가
불쑥 내 맘에 들어옵니다

잠깐 머문 당신의 향기가 당신의 뒷모습이
오래도록 여운으로 남아 내 맘에 맴돕니다
계절이 지나는 길목에서 잠깐 머물 당신에게
내 마음 모두 빼앗길까 봐
옷깃에 머문 당신의 향기조차도
애써 외면하고 싶어집니다

당신은 알고 계십니까
보내고 싶지 않은 이 마음을

아~ 당신은
잊지 못할 애달픈
가을의 향기입니다

첫눈

첫눈이 내리면 가차를 타고
어디든 가보자고 약속했었고
내 심장은 나비처럼
팔락거렸었지

창밖으로 펑펑 쏟아지는
하얀 첫눈을
네 손 꼭 잡고 함께 바라보리라
다짐했었지

어느새 계절은 겨울이고
창밖에 흰 눈은 흩날리는데
우리의 약속은 나비 되어
저 하늘 높이 높이 날아가 버리네

봄날 애(愛)

아지랑이 아롱아롱
피어나는 봄날
노오란 민들레꽃
언덕 위에 올망졸망

혼자만 간직하던 부끄러운 내 마음
살짝이 너의 곁에 두고 온 날에

내 맘속 아지랑이
네 맘에 몽글몽글 피어오르네

숨바꼭질

나뭇잎 흔드는 바람만 보아도
들꽃에 살포시 내려앉은 햇빛만 보아도
풀잎에 투명하게 맺힌 이슬만 보아도
아직은 초록 초록한 듯 보여도
살짝이 숨어있는 가을 나는 니가 보여

아무리 숨죽여 조용히 숨어있어도
너의 숨겨진 뒤태가 보여
늘어뜨린 그림자 사이로
네가 아닌 것처럼 위장해도
내 눈엔 다 보여
가을 너의 모습이

아침을 깨우는 하얀 햇살
눈부시게 일어나
송송송 파를 썰어 넣고
아들이 좋아하는 달걀찜을 만들다
창밖에 머문 나의 시선 속에
나를 보며 반기는 숨겨지지 않는
수줍은 가을 너의 미소가
내 눈엔 다 보여

그냥 그렇게

눈이 오면 오는 대로
비가 오면 오는 대로
바람 불면 부는 대로

산을 만나면 산을 넘고
강을 만나면 강을 건너고

그 길이 돌밭 길이면
넘어지지 않도록 조심조심 걸어가고

그 길이 꽃길이면 어여쁜 꽃들이
나의 거친 발걸음에
상처 입지 않도록 조심조심 걸으며

비바람 맞으며 자연에 순응하고
눈길이든 빗길이든 주어진 그대로

내일이 오늘보다 나을 거란 기대보다
내일도 오늘처럼 최선을 다하는
용기 있는 날이기를 바라며
진심을 다해 살고 싶다
그냥 그렇게 살고 싶다

겨울 바다

창문 밖 검푸른 물결이 일렁이고
문틈으로 차가운 공기가 스며든다

수평선 너머로 사라지는 여객선도
물에 젖은 바위도 날아가는 갈매기도
모두 모두 조용하다

겨울 바다는
조용하고 차분하고
고독하고 쓸쓸하다

투명하지 않고 눈부시지 않아도
눈길이 머무는 평화로운 바다
외로운 마음에 평안을 주는
차가워도 따뜻한 겨울 바다

환절기

짙어가는 가을 녘
나 홀로 산길을 걷는다

시리도록 푸르던 잎들은
누렇게 퇴색해 땅에 떨어지고
발밑에 떨어진 마른 낙엽
무심한 발걸음에 바스락 부서지니

그대를 보내고 돌아서던
그 어느 날의 내 마음인 듯
가슴에 찬 바람 불어온다

아! 가을이다

손끝으로 전해지는
따뜻한 허니 자몽 에이드 한 잔
바닷가에 잠시 달리던 차를 세우고
다린의 바닷가란 노래를 듣는다

저 멀리 바위에 앉아
물고기를 기다리는
고양이 녀석이 참 귀엽다

검은 화산석 사이로 피어난
노오란 꽃송이들과 억새 풀꽃이
바람에 흔들린다

소슬한 바람이 뺨을 스친다
아~ 가을이다

제 9 부

마음이 따뜻해져요

그리운 아버지 어머니

모내기 철 빨갛게 익어가던 앵두가 그립고
모를 심던 둑 위에 나를 앉혀 두시던 아버지가 그립다

새콤달콤 새빨간 보리수가 그립고
돼지우리 지붕 위로 뻗어 올라간 빨간 애기 사과가 그립고
그 나뭇가지에 걸터앉아 바라보던 새하얀 양떼구름이 그립고
그 나무를 심으신 아버지가 그립다

산들바람 불어오던 대청마루에 엎드려
바라보던 청보리밭이 그립고
밭 가운데 수건을 쓰고 쪼그려 앉아
잡초를 뽑으시던 어머니가 그립다

가을 들판에 누렇게 익어가던 콩깍지가 그립고
넓은 마당에서 도리깨질하며
토실토실 잘 익은 콩 알갱이 터시던 어머니가 그립다

엄마의 부엌

별 재료 없어도 신기하게
쉼 없이 끊임없이 무언가가 만들어지던
새까맣게 그을린 깜장색 엄마의 부엌

푸성귀 한 줌 뜯어다
들기름에 깨소금 조물조물 무쳐내면
세상 어디에도 없는 맛난 나물이 되고
보글보글 향긋한 된장찌개가 된다

새까맣게 그을린 엄마의 부엌에선
철 따라 심심풀이 주전부리가 만들어지고
쑥을 뜯어 뚝딱뚝딱 쑥개떡
아카시아꽃 따다 쪄주시던 꽃술 빵
진달래 꽃잎으로 부쳐내던 화전

추적추적 비라도 내리는 날엔
파릇한 부추 뜯어 부침개를
쿵덕쿵덕 절구에 찹쌀밥 찧고
팥고물 콩고물 입힌 인절미가
무시루떡이 백설기가

새까맣게 그을린 엄마의 부엌에선
금 나와라 뚝딱 은 나와라 뚝딱
쉼 없이 끊임없이 맛난 음식이 쏟아져 나온다

아버지 마음

행여나 자식들 배곯지 않을까
온갖 과일나무로 울타리를 만드셨던
나의 아버지

아지랑이 몽글몽글 피어나는 봄이 오면
새하얀 보리수꽃 피어나고
분홍색 앵두꽃, 살구꽃, 자두꽃, 사과꽃,
개복숭아꽃, 밤꽃, 감꽃, 딸기꽃 피어나니
우리 집 울타리는 꽃 천지로 꽃 잔치

무논에 모를 심는 때가 되면
가지마다 빨갛게 앵두가 익어가고
보리수가 익어가고
내 맘도 덩달아 익어가고

해마다 철마다 가지마다
찢어지게 열매들이 열리고
열리고 또 열리고
따 먹고 따 먹고 또 따먹어
막둥이 두 볼에 뽀얗게 살이 오르면
아버지 입가에 흐뭇한 미소가 번져 간다

어머니의 그 사랑

엄동설한 몹시도 추었던 어느 겨울날
열이 펄펄 끓는 아이를 등에 업고
교회당을 향해가던 애타는
엄마의 시린 발걸음

겨우 걷고 말하던 어린아이는
따뜻한 엄마의 등에 업혀
뒤집어씌워진 스웨터 사이로
펑펑 내리는 하얀 눈이
신기하기만 했던 그 날을 기억합니다

가쁜 숨 몰아쉬며 언덕을 오르고
산길을 걷던 어머니의 하얀 고무신
눈꽃을 잡으려 내민 조그마한 나의 손

첩첩산중 눈보라 치던 그 날에
아픈 아이 등에 업고
눈길의 미끄러움도
자신의 추위도 다 잊은 채
험한 산길 올랐을
가여운 나의 어머니

꿈속 고향

눈을 감고 누우면 언제나 나는
여덟 살쯤의 소녀로 돌아갑니다

푸른 보리밭이 펼쳐지고
어머니와 아버지 그리고 언니 오빠들

언제나 변함없는 그곳
내 꿈속엔
그리운 나의 고향이 있습니다

아가야! 다정히 불러주시던
나의 아버지 나의 어머니

눈을 뜨고 일어나 앉으면
어느새 사라져 현실로 돌아오지만
부모님이 그리울 때
나는 잠을 잡니다 꿈을 꿉니다

거기 꿈속 고향 마을에
사랑하는 나의 부모님이
살고 계십니다

내 고향 산야

어둑어둑 산 그림자 서산에 기울고
해님은 밥 먹으러 집으로 돌아가고
개밥 주는 별님도 반짝 떠올랐는데

장에 가신 내 어머니 돌아오지 않고
언제나 오시려나 어디쯤 오고 있나
가운뎃손가락에 꼭꼭 맞춰달라
주문을 외우며 기다리고 기다리고
또 기다리던 그 시절

풀잎에 이슬이 촉촉이 맺히고
감자녹말 흩뿌린 듯
하얗게 피어오른 감자 꽃잎 위로
씻어놓은 감자처럼
동그랗고 뽀얀 달님
나뭇가지에 열리니

누렁이 멍멍이 마중 나가고
장에 가신 어머니 돌아오시고
팥소 넣은 풀빵도 덩달아 오고

어머니 같고 풀빵 같고 감자꽃 같은
눈부시게 반짝이던 내 고향 산야(山野)
그리워 그리워
오늘도 그리워

여행

눈 내린 보름밤
연길역에서 하얼빈역까지 열두 시간
기차를 타고 끝없이 광야를 달려간다

검은 밤하늘엔 보름달이 둥실 떠 있고
하얀 증기 내 뿜으며 기차는 들판을 달려간다

달리는 기차 위 침대칸에서
아이들은 종알거리고 남편은 영화를 보고
나는 침대에 누워 둥근 달을 바라본다
달빛에 훤히 보이는 하얀 들판도 바라본다

눈도 희고 달도 희고
달빛도 희고 들판도 희다

그대로 시간이 멈춰도 좋을 듯했다

일 년 이 년 십 년
쉼 없이 시간은 달려가고
어느새 내 머리카락은
그날의 달빛 같다

우리 둘이

햇볕 잘 드는 카페 창가에
앉아 있어요 우리 둘이
나는 엄마이고 너는 딸이고
우리 둘은 좋은 친구이기도 하답니다

창밖엔 푸른 바다가 펼쳐져 있고
하얀 파도가 끝없이 밀려옵니다
아직 밖은 추운 겨울이지만
딸과 함께라서 마음은 벌써 봄이랍니다

군데군데 모여앉아
수다 떠는 사람들 목소리가 들리지만
엄마 눈엔 딸만 보이고
엄마 귀엔 딸 목소리만 들립니다
엄마 관심은 온통 딸에게 쏠려있답니다

딸 방에 누워

짙은 초록으로 뒤덮은 나의 집
창가에 조용히 누워 있으니

산새들 쫑알대는 소리
한 녀석은 묻고 한 녀석은 대답하고
수다가 수다가 끊이질 않네

차르르 차르르 바람결에
나뭇잎 부딪히는 소리
후드득 후드득 빗방울 떨어지고
차르르 후드득 오케스트라 협연으로
빗방울 전주곡 울려 퍼지네

폭신한 침대에 얼굴을 묻으니
향긋한 딸아이 냄새에
꿀같이 달콤한 낮잠에 빠져드네

숲속 우리집

산새들이 노래하고
새끼 고라니 뛰노는
우리 집은 숲속

아카시아 꽃 향이 코끝을 간지럽히고
피톤치드 뿜어져 나오는
우리 집은 숲속

상쾌한 나무향과
초록초록 풀 향이 싱그러운
우리 집은 숲속

나뭇잎에 떨어지는 빗소리가
피아노 선율처럼 아름다운
우리 집은 숲속

제 10 부

꽃이 집니다

이제 안녕

다시 못 볼 이별에
그저 안녕이라 말하고 떠나왔습니다

흐르는 눈물에 목이 메어 그저 허공 속에
안녕이라 던져두고 돌아섰습니다

돌아서는 귓가에 공허한 외침이 들려옵니다
- 안녕

저며오는 가슴 움켜잡고
너를 두고 떠나온 먼 길

꽃 도지고 잎 도지고 해도 지고 달도 지건만
여전히 내 마음은 지지를 않습니다

준비 없이 찾아온 이별에
안녕이란 그 말이 너무 가벼워서인 듯합니다

수많은 시간이 흐르고 또 흘러
진짜 이별을 고해봅니다
- 이제 안녕

가을 손님

꽃 피고 꽃지던
화려했던 날들이 기울고
뜨겁게 내리쬐던
한여름 태양도 기울고
이내 맘도 기울고 싶어집니다

그대여 가을이 오면
손님처럼 찾아오세요
잠시 머물다 소리 없이 떠나는
손님으로라도 찾아오세요

가장 낮은 채도의 옷을 입고
우수에 젖은 눈빛으로
빈손으로 외로이
빈 마음으로 쓸쓸히

낙엽 지는 숲속 카페에 어둡게 앉아
식어가는 차 한 잔 앞에 두고
혹여라도 혹시라도
쓸쓸한 미소는 짓지 마세요

잘 지냈냐? 잘 있었냐?
그렇게 잔인한 안부도 묻지 마세요

그러다 뒤돌아 가려 할 때는
잘 있어라 잘 가라
인사 따윈 하지 않기로 해요

가을 손님으로 찾아온 이여
가을 손님 되어 떠나가세요

동백꽃 연가

지금은 땅에 떨어져 너에게 짓밟힐지라도
나를 보며 웃어주던 너
그거 하나면 충분하다

습관처럼 피어났다 그리 생각할지라도
한 시절 붉게 피어 눈부시게 아름다웠으니
그거 하나면 충분하다

지기도 전에 눈 돌린 너
못다 한 사랑에 마음 아파도 진심을 다했으니
그거 하나면 충분하다

필 때가 있으면 질 때가 있고
만날 때가 있으면 이별할 때가 있다
그리울 때가 있으면 잊혀질 때도 있으리라

한 송이 들꽃으로

찬 바람 불어오는 허허벌판 모래언덕 위
기다리다 너를 기다리다 그리움 되어
지지 못하는 나는 한 송이 들꽃으로 남아있습니다

여린 꽃잎 흔들고 차갑게 돌아선 당신이지만
혹여 뒤돌아 다시 올까 차마 그 꽃잎 접지 못하고
세차게 내리는 겨울 찬비를 맞습니다

비 그치고 날 좋은 그날에 다시 찾아올까요?
폭풍우 그치고 거친 파도 잠잠하면 다시 찾아줄까요?

어느 흐린 오후에 지친 어깨 떨구고
잠시 찾아올 당신께 작은 위로라도 되고 싶습니다

세상 모든 것들이 당신 맘 같지 않아 힘들 때
아픔 안고 찾아올 당신께
그저 조용히 침묵하며 미소 지으려
한겨울 모진 바람에도
나는 나의 색을 지켜내야만 합니다

그날에 당신이 이곳을 찾을 그 날에

여리디여린 한 송이 들꽃이지만
눈길 둘 곳 맘 둘 곳 없는 당신
그대 가슴 시릴까
한겨울 추위에도 지지 못하는 나는
한 송이 들꽃으로 피어있습니다

더 많이 주고 싶어

너보다 더 빨리 너를 잊고자 함은
너를 더 그리워하기 위함이다

너보다 더 빨리 너를 떠나고자 함은
더 빨리 너를 만나고 싶어서이다

내가 너를 보내며 웃는 것은
나를 떠난 네가 덜 울게 하려 함이다

그러니 내가 너를 더 빨리 잊는다고 슬퍼하지 마라
그것은 너보다 더 많이 너를 그리워하기 위함이다

사랑아

사랑아
서글픈 사랑아
사랑한다 말할 수 없는 사랑아
그리워도 그립다고 말할 수 없는 사랑아

이름을 부르고 싶지만
이름조차 부를 수 없는
사랑아

제대로 된 고백은 해볼 수 없지만
한번은 말하고 싶어 애가 타는
사랑아

봄 꿈

그토록 애타게 서로를 마주하고
그토록 뜨겁게 서로를 사랑하며
그토록 아프게 서로를 원했던
수없이 지새우던 잠들지 못한
열정의 밤들은
순간에 사라진 봄 꿈이던가

어색한 그대의 미소가
숨겨지지 않는 그대의 낯섦이
애써 외면하듯 돌아선
그대의 쓸쓸한 어깨가

점점이 스러지는 지난 시간들
잡힐 듯 잡힐 듯 잡히지 않는
우리로 있었던 순간순간이
까만 밤 어둠 속에 흩어져 간다

떠난 이에게

잊혀져서 슬프고
잊지 못해 아프다

꿈결같이 흐르는 시간
바람 따라 떠나는 구름
세월 따라 지워지는 기억
거품처럼 사라지는 그리움

밀물이 썰물 되고
구름이 비가 되고
돌고 돌아 다시 만나도
변해버린 내 모습

너는 나를 알아보지 못하여도
너는 나를 기억하지 아니해도
나는 너를 단번에 알아보리

잊혀져서 슬프고
잊지 못해 아프다

꽃지는 계절에

꽃이 피더니 이제는 꽃이 집니다
꽃이 지는 걸 보면서 눈물이 흐릅니다
한때 그댈 그리며 눈물 흘리던 때가 있었습니다

그대의 미소가 너무 아름다워
감당할 수 없는 기쁨에
감당할 수 없는 슬픔에
끝내 오열하던 그런 날도 있었습니다

길을 걸으며 그 길 끝에서
우연이라도 잠깐이라도
스치듯 그댈 볼 수 있길
간절히 바라기도 했었습니다

지금은 어느 땅 어느 하늘 아래서
그처럼 숨 막히게 아름답던
그날의 그 미소를 지으며 살아갈까요

언제나 그렇듯 바람이 불고
구름은 흐르고 계절은 지나가고
또 그렇게 꽃이 집니다

널 사랑해

너의 사랑은 모두 다 가짜라며
나의 진심을 왜곡하고 돌아서던 너를
나는 한 번도 미워한 적 없다

날카로운 비수의 말들을 쏟아내고
냉정히 뒤돌아 떠나버린 너를
나는 한 번도 잊은 적 없다

이랬다저랬다 일관성 없더라도
흐렸다 맑았다 변덕스럽더라도
너에 대한 내 마음만은 진심이다

너에 대한 나의 사랑은 가짜가 아니다
나는 너를 미워한 적 없다
나는 너를 잊은 적 없다

- 김도은(金到垠, Stella Kim) 프로필
  - 충청남도 서산 출생
  - 서산여자고등학교 졸업
  - 중국 연변대학교 영어영문학과 졸업
  - 제주 크리스천 문학회 회원
  - 2020년 푸른문학 여름호 등단(시인)
  - 푸른문학 운영이사
  - 푸른시 100선(공저)

그대에게 가는 길   [ISBN 979-11-972297-3-2 (03810)]

발행일 2022년 12월 25일 1판 1쇄 발행
지은이 김 도 은
발행인 진 학 범
편 집 새벽동산
발행처 도서출판 미산 (嵋山)
　　　 인천광역시 부평구 부흥로294번길 4, 301호 (부평동, 추인타워)
　　　 전화 (032) 529-2133, 010-2772-7168
　　　 FAX (032) 529-2134
　　　 E-mail : modjin@naver.com
　　　 등록 2004년 4월 6일 (2004-3)

판권
소유